커다란 감정에도 함부로 흔들리지 않길

걸으면서 커피를 마실 때 쏟지 않는 방법

'함께 만들어 가는 책'

글쓴이 나오미와

______________ 가(이)

함께 적음

걸으면서 커피를 마실 때 쏟지 않는 방법
미니시리즈 책 활용법

이 책은 함께 만들어가는 책입니다.

첫째, 가끔 위로가 필요한 날 꺼내서 펼쳐보세요!

둘째, 나에게 필요한 페이지만 먼저 읽어보세요!

셋째, 마지막 페이지에 나를 알아가는 시간이 있습니다.

나를 알아가고 싶을 때 편안한 마음으로

기록하듯 적어보세요.

딱 한번 용기 내면

그 다음번 용기가 필요한순간에

나는 할 수 있는 사람이 되어 있더라...

짝-짝!!

지친 하루 끝에 조금이나마

작은 위안이 되길 바라며

*일러두기

이 책의 일부는 맞춤법을 따르기 보다

캐릭터와 작가의 표현법을

있는 그대로 표기하였습니다.

걸으면서 커피를 마실 때 쏟지 않는 방법

글 / 그림 나오미 (이민지)

가끔은...
일시정지

가끔은...
정지

가끔은...
시작하기

프롤로그

내가 10살이 되었을 때 엄마가 조현병이라는 것을 알았다. 엄마는 정신병원에 입원하고 퇴원하기를 계속해서 반복했다. 나는 아직 보살핌이 필요한 어린아이였지만 아픈 엄마를 그저 지켜볼 수 밖에 없는 나 자신이 너무나도 미웠다.

사람들은 엄마가 약을 잘 먹고 있는지 내게 물어오곤 했다. 또 병을 앓고 있는 엄마를 오히려 이용하려고도 했다. 그럴 때마다 나는 한껏 예민해졌고 어떻게든 엄마를 지켜내고 싶었다. 하지만 그 시절의 나는 스스로를 지켜낼 힘조차 없었다.

시간이 지나고 더는 상처받기 싫었던 나는 애써 강한 척하며 원만한 인간관계를 유지하려고 부단히 애썼다. 누군가에게 내 감정을 들키기 싫어 화가 나는 일이 있어도 억누르며 참아냈다. 그런데 스물세 살 아직 아무것도 이룬 것 없는 애매한 나이에 큰 난관이 찾아왔다.

부모님의 사업이 망하기 직전이었던 것이다.
엄마의 잦은 입원도 이어지고 있었다.

내가 일을 하지 않으면
당장 내일을 버텨낼 수 없었다.
호기심이 많아 도전을 좋아했던 나는
하고 싶은 일들을 잠시 마음속에 넣어두어야 했다.

그러다보니 일상이 한없이 불안해졌고
급기야 범불안장애까지 경험하게 되었다.
책이랑은 거리가 멀었던 내가 그때 처음으로
책을 읽기 시작했다. 그렇게 책과 가까워지자
인생에 '왜?'라는 질문이 생겨났다.

여전히 답을 찾아나가는 과정에 있지만
이제 나에 대해 조금은 알 것 같다.

나에게 가장 필요했던 건 숨 쉴 틈 없는

나날 속에서 용기 내어 잠시 쉬어 갈 수 있는

시간을 만들어주는 것이었다.

이제는 무슨 일이 있어도

나를 가장 먼저 챙길 것이다.

상처가 많아지고

상처의 깊이가 깊어지면

자꾸만 내 나이에 하지 않아도,

몰라도 되는 행동을 하는 것 같다.

모든 것을 괜찮다고 넘기게 되고,

울음을 억지로 참게 돼서

그래서 나는 어른이 아닌 어른 아이가 되었다

어른이 되어 간다는 건

괜찮지 않아도
괜찮은 척 넘어가는 일이 많아지고,
인간관계 속에서 상처를 받아도
그러려니 덮어가는 일이 잦아진다.

마음속 깊은 상처 때문에
'힘들다' '아프다'라는 말이
목 끝까지 차올라도
아무 소리 내지 못하고 꾹 참아낸다.

이런 게 어른이 되어가는 과정이라면
아주 천천히 어른이 되고 싶었는데….

목차

PART2. 좋아하는 일이 하고 싶은 너에게

PART3. 인간관계가 힘든 너에게

PART4. 오늘은 위로가 좀 필요해

PART5. 나를 알아가는 시간

오늘은 어떤 하루였나요?

당신의 꿈을 알려주세요!

나의 취향을 적어보세요!

오늘 하루는 뭐 하고 싶어요?

평소 나에게 해주고 싶었던 말은?

소중한 사람에게 하고 싶은 말은?

괜찮아...

괜찮을거야...

근데, 말이야 나 너무 아파...

PART 1.

인생을 살아간다는건

안녕, 엄마

세상에서 가장 사랑한 사람,

세상에서 가장 감사한 사람,

세상에서 가장 미안한 사람,

이제는 마음 깊은 곳에

담아둘 수밖에 없는 사람,

이제는 그리움으로 남은 사람.

만약 한 번 더 엄마를 만날 수 있는 기회가

내게 주어진다면 함께 하고 싶은 것들이 많다.

얼굴을 마주하고 맛있는 음식을 먹으며
그동안 하지 못했던 대화를 나누는 것.

손잡고 산책 나가 천천히 길을 걸으며
마음속 이야기를 꺼내보는 것.

졸졸 뒤따라오는 강아지들에게
귀엽다 말하며 함께 웃는 것.

가까운 곳으로 여행 가서
그 순간의 행복을 사진 속에 담아내는 것.

그동안 하지 못했던 고맙다는 인사와
사랑한다는 말을 아낌없이 하는 것.

바쁘다는 이유로 미루었던
이런 일들이 어쩌면 나에게
가장 소중한 추억이 될 수도 있었을 것이다.

그때는 엄마가 내 가까이에 있었으니
얼마든지 함께 할 수 있는 일들이었는데….
만약 다시 엄마를 만날 수 있다면
소소한 일상의 행복을 함께 나누고 싶다.

하늘나라로 엄마를 보내고 나서
3개월에 한 번, 그리고 생일에, 명절에
엄마가 있는 봉안당에 찾아갈 때마다
이런 생각을 하곤 한다.

한 번 더 사랑한다고 말해줄걸.
한 번 더 손잡아볼걸.
한 번 더 대화를 나눠볼걸.
후회와 그리움은 마음속에서
쉽게 사라지지 않는다.

사랑하는 사람을 떠나보낸 경험이
여러 번 있는데도
가장 사랑하는 사람을
떠나보낸다는 건 쉽지가 않다.

사랑해요 엄마
감사해요
그리고...
미안합니다

어쩌다 어른

성인이 되면 조금은 나아질 줄 알았다.
조금은 달라질 줄 알았다.
해가 갈수록 한층 더 성장하고 성숙해진 내가
더는 인간관계에 상처받지 않는
강한 사람이 되어 있을 것만 같았다.

하지만 시간이 지날수록 책임감은 무게를
더해만 가고, 미래의 행복을 위해 오늘의 행복을
포기할 수밖에 없는 상황들이 생겨난다.

호락호락하지 않은 세상에서 뜻대로 되는 건
하나도 없고, 남보다 뒤처질까 두려워
무엇인가를 하지 않으면 안 될 것 같은
불안함과 조급함이 하루를 가득 채울 때도 있다.

수많은 우여곡절에도 불구하고
스스로를 포기하지 않고 부단히 애쓰며
삶을 살아가고 있는 당신은 세상에서
가장 멋진 사람이다. 무엇인가를 하지 않아도
묵묵히 스스로를 지켜가고 있는
당신은 눈부실 정도로 빛나는 사람이다.

오늘은 우리 웃자

오늘도 우리
애썼으니까
고마워

가끔 두려울 때는 말이야

가끔은 말이야, 정답 없는 삶에서
나에게 '괜찮아'라고 말하며
양쪽 팔로 감싸 안고
등을 토닥여주기도 하자.

'아주 잘하고 있어'라고
큰 소리로 칭찬을 해주기도 하자.
아주 당당한 걸음으로
거울 앞에 가서 '내가 최고야,
내가 가장 멋져, 나는 짱 귀여워.

그러니 내가 세상에서
가장 사랑스러워'라고 말해주자.

'나는 세상에서 가장 사랑스러워'라고

꼭 한번 말해주기

미치도록 불안하고 조급할 때

매일매일을 열심히 살아가고 있는데도
나 혼자만 제자리걸음인 것 같을 때가 있다.
나도 모르게 마음이 고장 나버려
뭘 해야 할지 고민만 하다
하루를 다 보낼 때도 있다.

유독 지칠 대로 지쳐 있는 날에
힘든 일들이 한꺼번에 몰려오고,
잘될 것 같던 일마저 어긋나기도 한다.
그럴 때마다 달라지지 않는 상황 속에서
내가 할 수 있는 두 가지가 있었다.

첫 번째는 오늘 하루 내가 할 수 있는 일부터

하나씩 해나가는 것,

두 번째는 후회가 남지 않도록

오늘을 살아내는 것이었다.

몇 시간 뒤, 혹은 내일이나 모레면

또다시 마음이 흔들릴 수 있지만

그럼에도 하루하루를

차곡차곡 쌓고 다듬어가다 보면

분명 나만의 꽃이 필 시기가 찾아올 거라 믿는다.

그러니 자신을 믿고 오늘 하루를 묵묵히 살아내자.

잠 못이루는 밤에

공허(空虛)는 아무것도 없이 텅 빔을 뜻하는
말이다. 삶의 의미를 찾지 못하고 즐거움이나
기쁨과 같은 감정에 둔감해지고 텅 빈 것 같은
 느낌을 경험하는 심리적 상태를 일컫기도 한다.

나는 공허함을 느끼는 나 자신을 자주 발견하곤 한다.
인정받고 싶어서 잘하려 애쓰는데
아무도 알아주지 않을 때라든가,
혹은 사랑받으려 할 때라든가.
아니면 다른 누군가와 나를 비교할 때였던 것 같다.

그럴 때마다 공허함을 채워보겠다고 친구를 만나거나
연애를 하거나 혹은 가족들에게 애정을 요구하기도 했다.
그래도 채워지지 않으면 밤낮을 가리지 않고 일만 하며
독하다는 말을 들을 정도로 바쁘게 살았다.
하지만 내면을 스스로 채우는 것이 아니라
외부로부터 채우려고 하니 오히려 불안하기만 했다.

결국 많은 것이 무너지기 시작했다. 나와의 관계도,
소중한 사람들과의 관계도. 사랑하는 사람을 떠나보내고 나
서야 알게 되었다. 스스로 내 삶의 의미를
찾으려는 노력이 필요하다는 것을.

내가 공허했던 이유는 진짜 내게 필요한 것들을
채워주지 않았기 때문이었다. 그걸 깨닫고 나자
일상적인 습관부터 바꿔봐야겠다는 생각이 들었다.

첫째, 시간을 들여서 천천히 맛을 음미하며 식사하기
둘째, 일정한 시간에 잠자리에 들기
셋째, 날씨가 좋은 날 따스한 햇살을 받으며
여유롭게 산책하기

나를 위한 시간을 아까워하지 않고 나에게 먼저 마음을 쓰는
일들이었다. 그렇게 매일 나를 위한 시간을 틈틈이 보내는 것
이 나의 내면의 공허함을 조금씩 채워주었다.

만약 오늘 공허함을 느꼈다면 그 마음의 신호를 놓치지 말고
스스로의 마음부터 챙기며 삶의 의미를 찾아보자.

삶의 균형 잡기

건강하고 행복한 하루를 만들어가고 싶을 땐

첫째, 일상의 작은 성취에도 만족할 것

둘째, 충분한 휴식과 잠은 필수

셋째, 사랑하는 사람을 되도록 티 나게 사랑할 것

넷째, 규칙적으로 운동하고

건강한 식습관을 만들어갈 것

무엇인가를 꾸준히 해나간다는 것은
굉장히 어려운 일이지만,

무엇인가를 오래 지속하기 위해서는
꾸준함이 필요하다.

그러니 건강하고 행복한 하루를 위해
'나중'이라는 말은 접어두고
'오늘'부터 행복한 하루를 만들어가자.

PART 2.

좋아하는 일이 하고 싶은 너에게

방황해도 괜찮아

정답 있는 삶이 어디 있어요.
이렇게도 해봤다가 저렇게도 해보고,
잘 안 되면 또다시 새로운 방법으로
나에게 맞는 답을 찾아가는 거죠.
그게 나답게 살아가는 것 아닐까요?

조급해하며 빨리 가려고
애쓰면 금세 지쳐버리는 것 같아요.
우리에게는 각자 자신만의 타이밍이 있어요.
세상에 빛을 뿜어낼 타이밍이요.
그러니 그때를 위해 하루하루 천천히 준비해나가요.

매번 좋은 결과를 낼 수는 없어요.
그래도 괜찮아요. 결과가 좋지 못하더라도
어떤 과정은 경험과 사람을 남기고,

어떤 과정 속에는 성장과 교훈이 담겨 있을 수도 있거든
요. 그렇게 우리는 하나씩 배워나가는 거예요.
그러니 결과에 너무 연연하지 말아요, 우리

길을 나섰는데 초행길이라 이리저리 헤맨 적이 있어요.
길을 돌고 돌다 무심코 차창을 스치듯 봤을 때
이런 생각이 들었어요.

가끔은 인생을 살면서
지금처럼 방황해도 괜찮겠다는 생각이요.
왜냐하면 길을 헤맨 덕분에
창문 너머로 보이는 넓고 푸른 바다의
아름다움을 눈에 담을 수 있었거든요.

이 글을 읽고 있는 여러분은 모두 잘되실 거예요.
방황하다 마음이 지쳤다는 것은
그만큼 열심히 살아가고 있다는 증거니까요.

나도 모르게 눈물이 난다면

평소와 같은 하루였는데도
갑자기 눈물이 흐를 때가 있다.
분명 그렇게 힘든 일도 아니라 생각했는데,
어쩌면 내가 나를 속인 걸지도 모르겠다.

눈물을 애써 참기 위해 고개를 뒤로 젖히고
하늘을 쳐다보지만 도저히 눈물을 참을 수가 없다.
이처럼 흐르는 눈물을 주체할 수 없었다면
오늘만큼은 그 누구보다 나를 챙겨야 한다는 신호이다.

나 자신이 바라보기에
그다지 힘든 상황이 아니었을지라도,
비록 가벼운 이야기였을지라도
마음은 한없이 아프다고 말하고 있는 것이다.

종이 한 장과 펜을 준비하고
현재의 감정 상태와 생각을 적어보자.
그러고는 '나 진짜 힘들었구나' '괜찮지 않아도 돼,
내가 있잖아' '누가 너를 그렇게 아프게 했어?'라고
말해주며 내 마음을 먼저 달래주는 시간을 가져보자.
눈물을 주체할 수 없었던 것은 그만큼 애써
참아온 감정이 많았다는 말이니까.

이제는 내가 나의 히어로가 되어주기로 했다.

무슨 일이 있어도

내가 나부터 먼저 지켜나가기로

무엇인가를 시작하기 두려울 때

어떤 일을 시작하려고 하면
온갖 생각에 잠겨 망설이게 된다.
'조금만 더 준비하고 해볼까?' '이게 맞나?'
'아직 부족한 것 같은데?'
완벽한 준비라는 건 없다는 걸
알면서도 그렇게 된다.

결국 시작하지 못한 채 시간을 보내고 나서
어느 날 문득 이런 생각을 한다. '그때 시작할걸.'

그림을 그리기 시작한 건 5년 전이다.
처음에는 빈 종이에 선 하나 긋는 데도
심혈을 기울이며 에너지를 다 쏟아냈다.

그렇게 종이가 지저분해질 때까지
선 긋기를 반복하고 보니 여전히 삐뚤삐뚤할지라도
선의 형태가 조금씩 나아지기 시작했다.

연습의 시간이 차곡차곡 쌓이자
어느 순간 눈에 보이는 성장을 이루게 되었다.
그러니 시작을 망설이고 있다면 일단 시작해보고,
완벽보다는 완료를 먼저 하는 연습을 해보자.

하고 싶은 게 없을 때 좋아하는 일 찾는 방법

고등학교를 졸업할 즈음 내게 꿈이 뭔지 묻는
사람들이 많았다. 하지만 나는 꿈은 고사하고
내가 좋아하는 것이 무엇인지조차
생각해본 적이 없었다.

좋아하는 일을 찾는다는 건 너무나도 어려운 일이었다.
먹고사는 일에 급급했고 경험도 부족했다. 하지만 고등
학교를 졸업하고 8년 동안 투잡 쓰리잡을 해오면서
알게 된 점이 있었다.
나는 아주 어릴 때부터 줄곧
컴퓨터만 해온 터라 대학도 공대를 갔다.

그러다 22살이 되었을 무렵
다방면으로 진로를 탐색해보았는데,
이때 폴 댄스, 필라테스, 요가, 현대무용, 그림,
영상 편집, 디자인, 패션 등 다양한 분야를 경험했다.

그리고 책을 읽다가 멋지다고 느껴지는 사람이 있으면
그 사람을 따라 해보기도 했다.
또 뭔가에 꽂히면 그것을 어떻게든 해야 하는
성격이다보니 배우고 싶은 게 있으면
일단 배우러 다녔다.

그렇게 직접 경험해보고,
따라 해보고, 공부해보고,
커뮤니티를 찾아다니다보니
내가 진짜 좋아하는 것을 알게 되었다.

물론 지금 좋아하는 글쓰기나
그림 그리기는 언제든 잠시 쉴 수도 있다.

하지만 끊임없이 고민하고 지속적으로
스스로를 알아가는 태도만 가지고 있다면
당장은 하고 싶은 게 없어도
언제든 좋아하는 일을 찾아 나설 수 있다.

그러니 방황하더라도
일단 관심이 있었던 것을
직접 경험해보는 것이
가장 도움이 된다는 것을 기억하자.

잘해야한다는 생각이 강한 너에게

잘하는 것도 좋지만 지나치게 잘하려 애쓰다보면
결국 나만 지치게 된다. 분명 잘하고 있는데도
끊임없이 스스로를 채찍질하면
어느덧 웃음기는 사라지고 강박과 집착만 늘어나
더 바쁘게, 더 열심히 애쓰며 살아가게 된다.

달라지지 않는 상황에, 변하지 않는 마음에
네가 제일 힘들겠지만
딱 두 가지만 기억해줬으면 좋겠다.

첫 번째는 짧은 호흡으로 앞만 보고 무작정 달려가는 것
보다 긴 호흡으로 나만의 속도에 맞춰 쉬었다 가야
무엇이든 오래 지속할 수 있다는 것.

두 번째는 잘해야 한다는 부담감을 잠시 내려놓고
쉬어갈 용기를 내어야 한다는 것. 물론 잘해야 한다는
강박에서 헤어 나오는 건 굉장히 어려운 일이다.

그래도 오늘 이 시간만큼은
오롯이 나 자신을 위해 써보자.
마음을 회복시키는 휴식 시간을 가져보자.

끙 차!

안돼에

흑흑

그래도
다시 천천히 해나가면 돼
"나는 할 수 있어!"

나만의 속도로 해나갈 것

마음이 조급할 때 서두르지 않고
천천히 걸어가야 하는 진짜 이유가 뭔지 알아?

짧은 시간에 많은 결과를 얻으려고 하면
어느 순간 앞으로 나아갈 힘조차 없어서
잘하고 있던 것마저 포기하게 되기 때문이야.

길을 걷다가도 빨리 가려고 뛰어가면
돌멩이에 걸려 넘어질 수도 있고,
지나가는 사람과 부딪칠 수도 있어.

서두르지 않고 산책하듯 삶을 살아가다보면
어느새 원하는 목적지에 도착해 있을 거야.

그러니까 우리 너무 서두르지 말고
천천히 함께 걸어가자.

인생은 마이 웨이

내가 뭔가를 하려고 하면
이렇게 말하는 사람이 있었다.
그냥 하던 거나 열심히 하라고.
이미 재능 많은 사람이 넘쳐나서
네가 낄 자리가 없다고.
그런데 내 생각은 달랐다.

재능을 타고나는 사람도 물론 있겠지만
스스로 만들어가는 사람도 있다.
초등학교 때부터 고등학교 시절까지 나는
컴퓨터 학원에서 평일에는 6시간 이상,
주말에는 10시간 이상씩 컴퓨터 공부를 했다.

똑같이 공부해도 시험에
한 번에 합격하는 사람이 있는 반면
여러 차례 시도해도 불합격하는 사람이 있다.
나는 후자였다.

남들처럼 공부해도
불합격이라는 결과를 맞이하는 사람,
혼자만 불합격을 받는 사람.
내가 재능이 없다는 걸 알았지만 포기하기는 싫었다.

그때 내가 할 수 있는 유일한 것이
컴퓨터 공부이기도 했다.

수백 번 고개를 쳐드는 포기하고 싶은 마음에
도망도 쳐보았지만 결국은 원래 있던 곳으로,
좋아하는 것으로 되돌아갔다.

그래서 그냥 내가 할 수 있는
최선을 꾸준히 그리고 묵묵히 해나가기로 했다.
그랬더니 어느 순간 주변에서 이렇게 말해주었다.
'너는 재능 있는 사람'이라고.

다른 누군가와 조금 다르면 좀 어때!

달라도 나는 '나'인 거고

'나'인 건 변하지 않는데!

그러니까 우리는 당당해도 돼.

이미 넌 충분히 멋져

그러니까 스스로를 깎아내리지 마.

멋짐폭발

PART 3.

인간관계가 힘든 너에게

어리다고 상처까지 여린 건 아니야

인간관계에서 많은 상처를 받은 사람은 말이야,
그만큼 곁에 있는 사람에게
가까이 다가가지 못할 수 있어.

왜냐하면 성큼 다가갔다가는
두 사람 사이의 불이 훅하고
꺼질까 두렵기 때문이야.

그래서 굉장히 미지근한 온도로
서서히 다가가려 해.
그 소중한 사람과 오랜 시간
함께 하고 싶다는 생각을 하고 있거든.

가까울수록 예의를 지켜야 하는 진짜 이유

가깝다는 이유만으로,
그저 친하다는 이유만으로
상대방에게 말을 함부로 하거나
무례한 행동을 한다면
아무리 좋았던 사이라 할지라도 금이 가기 마련이다.

관계에서 마음의 깊이를 쌓아가는 데는
굉장히 오랜 시간이 걸리지만,
마음의 문이 닫히는 건 한순간이다.
그렇기에 가까운 사이일수록
예의 지키는 방법 여섯 가지를 알아보자.

첫째, 감정이 상했을 때는 마음속에 담아두지 않기
둘째, 아무리 사소한 약속이라도 잘 지키기
셋째, 배려와 존중이 담긴 호칭과 말투를 사용하기
넷째, 상대방의 태도를 바꾸려 하지 않기
다섯째, 서로 속 깊은 대화 나누기
여섯째, 당연하다는 생각은 버리기

이와 같은 방법을 기억해두고
건강한 인간관계를 만들어가자.

단호해지기로 결심했다

정신분석학자이자 심리학자인
알프레드 아들러의 명언 가운데 이런 것이 있다.
"행복해지려면 미움받을 용기도 있어야 한다.
그런 용기가 생겼을 때 인간관계는 한순간 달라진다."
이처럼 누군가에게 미움받을 용기를 내는 것은
정말 힘든 일이다.

나는 예전부터 인간관계를 늘 어려워했다.
누군가가 부탁을 하면 거절하지 못했고,
불편한 관계에서도 좋은 게 좋은 거라는 생각으로
상대방에게 나를 맞추려
많은 시간과 노력을 쏟아부었다.
하지만 아무리 노력해도 좁혀지지 않는 관계가 있다.

관계의 틀어짐이나 이별이 잦아지면
'혹시 나한테 문제가 있나?'
내가 실수한 건 아닐까'라는 생각에
사로잡혀 자책을 하기도 했다.

하지만 시간이 지나 돌이켜보면
그 누구의 잘못도 아니었다.
단지 관계 속에서 서로의 차이점을 인정하지 못하고,
받아들이지 못했던 것뿐이다.

우리는 서로 다른 성격을 지니고 있고
살아온 환경과 서로를 향한 마음의 깊이,
가치관에도 차이가 있다.

아무리 애를 써도 좁혀지지 않는 관계가 있다면
혹은 자주 갈등이 일어나는 관계가 있다면
이 질문만큼은 스스로에게 던져보면 좋겠다.

'이 관계에서 내가 상처받고 있진 않은가?'

만약 상처가 지속되는 관계라면
그 관계는 오래 유지되기 어려울 것이다.
그러니 상처로 인해 마음이 많이 아픈 상태라면
무슨 일이 있어도 내 마음부터 먼저 챙겨줘야 한다는
사실을 잊지 말자.

인생에 회의감이 들 때

삶을 살아가다보면 인생에 대한
회의감이 수없이 찾아온다.
사람마다 회의감이 드는 상황, 환경, 시기가
모두 다르지만 대부분은 압도적인 좌절감,
압박감, 무력감 등의 감정이 찾아왔을 때
삶의 회의감을 느끼게 된다.

스무 살이 넘어서도 꿈이나 목표가 없고
무엇을 해야 할지도 몰라 방황하고 있을 때
회의감을 많이 느꼈던 것 같다.
'내가 현재 하고 있는 공부는 잘하고 있는 것인지'
혹은 '언제까지 내가 이렇게 살아가야 하는 것인지'
반복되는 질문에 마음이 답답했었다.

인간관계에서도 마찬가지였다.
10년 동안 서로의 비밀을 공유할 정도로
친한 사이였던 사람에게서
어느 순간 거리감이 느껴질 때라든가 혹은
곁에 의지할 사람도 당장 연락할사람도 없을 때라든가,

친한 친구의 결혼식 소식을
몇 개월이 지나서야 알게 되었다든가.
대가를 바라고 베푼 호의가 아닐지라도
정성을 다해 마음을 표현했는데,
상대방이 바쁘다는 말로 애매하게 넘어가려고 할 때 등
생각보다 관계에서 회의감을 느끼는 순간들이
너무나도 많았다.

하지만, 인생에서도 관계에서도 모든 일은 오롯이
'나'에게서 시작된다. 그러니 삶에 대한 회의감이들 때는
'나'에게 초점을 맞춰 집중하는 시간을 가져보자.

예를 들면 나의 태도와 말 습관 혹은 관계에 대한
고정관념은 없는지 고민해보고, 상대방을 향한 기대와
바람을 갖지 않는 것이다. 물론 사람은 누구나 감정이
있기에 쉽지 않다. 하지만 더는 상처받고 싶지 않다면
나 자신을 위해서라도 조금씩 노력해보자.

완벽하지 않아도 괜찮아

완벽한 사람은 없다지만
가끔은 '조금만 더' '한 번만 더'를 외치곤 한다.
작은 말 한마디에도 굉장히 오랜 시간을 신경 썼던 사람.
상대방의 말을 다시 생각해보고 내 태도도 되돌아보며
스스로의 마음을 지치게 만들었던 사람.

생각이 많아 에너지 소모가 크고
작은 실수에도 그러려니 넘어가기 어려웠던 사람.
무엇인가를 시작할 땐 잘해야 한다는 강박과
압박감에 스스로를 채찍질했던 사람이 바로 나였다.

사람과 관계를 맺을 때에도
선뜻 다가가지 못하고 시작을 망설인 적이 많았다.
물론 지금도 아주 가끔은 완벽주의인 척하는
나의 모습을 발견하기도 한다.

5년 전 처음으로 글을 쓸 때의 이야기이다.
나는 글과 독서랑은 거리가 너무나도 먼 사람이었다.
글을 쓰고 책을 읽게 된 계기가 있었던 것은 맞지만
작가가 되어야겠다고 마음을 정해놓고
인스타에 글을 쓰진 않았다.
그저 감정이 흔들릴 때 조금이나마
유연하게 흔들릴 수 있도록
마음을 관리해보자는 생각으로 글을 썼다.

글을 쓰고 콘텐츠를 제작해 SNS에 업로드하던
초반에는 굉장히 오랜 시간이 걸렸다.
하루에 열 시간씩 쓰고 지웠다를 반복할 정도로 말이다.
그렇다보니 가끔은 업로드를 하지 못하기도 했다.
하지만 어느 날부턴가 '최선을 다했으니 일단 올려보자'
라는 마음으로 업로드를 하기 시작했다.

그리고 나만의 완벽함의 기준을 만들기로 결심했다.
무엇인가를 할 때 70퍼센트만 만족되면 일단 해보기로.

그렇게 꾸준히, 천천히 하다보니
지금은 4천9백 분의 독자님들께서
나오미 SNS 채널과 함께해주고 계신다.
이처럼 우리는 완벽하지 않아도 된다.

무엇인가를 시작할 때는
모든 것이 누구에게나 처음이고,
인생에는 수학처럼 딱 떨어지는 정답이 없기 때문이다.

완벽함을 추구하기 위해 끊임없이 반복하다보면
어느 순간 마음이 지치는 시간이 찾아온다.
마음이 지칠수록 몸은 피곤해지고 무기력해진다.
'완벽해야 해'라는 마음이 올라올 때마다
하던 일을 잠시 멈추고 아래 세 가지를 실천해보았다.

첫째, 자신을 위한 시간을 만들어주자.
잠시 밖으로 나가 사람이 없는 거리에서
복잡한 마음을 정리할 수 있는 산책을 해보거나
분위기 좋은 카페에 가서 커피 한 잔을 마시는 것도
좋다. 잠시나마 여유와 빈틈을 만들어주는 행동이
완벽해지려는 마음을 누그러트리는 데 도움이 되었다.

둘째, 세상에 완벽한 사람은 없다는 말을 기억하자.
세상에는 완벽한 사람이 아닌 완벽하기 위해 노력하는
사람이 있을 뿐이다. 너무 완벽하려고 하다보면
가장 가까이에 있는 행복마저도 쉽게 지나치게 되고,
소중한 사람도 놓치고 만다.

셋째, 충분히 잘하고 있는데도 불구하고
스스로를 채찍질하지 말자.어떤 일은 잘 해낼 수 있는
데도 스스로 채찍질을 하다가 마음이 지쳐 망쳐버리기도
한다. 만약 당신이 그런 상황에 처해 있다면 우선 짧은
호흡부터 긴 심호흡으로 가다듬어보자.
그리고 지금 이 순간에 집중하는 시간을 가져보자.

그러니 완벽하지 않아도 괜찮다.
이미 당신 존재만으로도 충분히 완벽하다.

기분이 파도처럼 일렁일 땐

인간관계에 힘이 빠져 기분이 파도처럼 일렁일 땐
내 곁에 있는 사람이 소중한 사람인지
의미 있는 사람인지를 구분하고,
아니다 싶으면 당당하게 놓아줄 용기가 필요하대.

진짜 인연이었다면 시간이 지나
그 사람과 다시 만나게 될 것이고,
그게 아니라면 피해야 할 사람과
소중한 사람을 구분할 수 있는 안목을 얻게 될 테니까.

우리는 곁에 있는 사람으로부터 많은 영향을 받게 된다.
함께하는 사람의 태도, 말투, 행동 등을
자연스럽게 닮아가는 것이다.

애써야지만 지속되는 관계, 불편한 관계,
나를 잃어버리는 관계는
과감하게 정리하고 용기 있게 도망치자.

무슨 일이 있어도 나를 먼저 지키는 것이 더 중요하다.

곁에 함께 하는 사람이 누구인지에 따라
삶에 많은 영향을 받게 된다.
왜냐하면, 함께 하는 사람의 태도, 말투,
행동 등을 자연스럽게 닮아가기 때문이다.

애써야지만 지속되는 관계,
불편한 관계, 나를 잃어버리는 관계는
과감하고 당당하게 놓아주며,
용기 있게 도망치자. 무슨 일이 있어도
나를 먼저 지키는 것이 더 중요하기 때문이다.

PART 4.

오늘은 위로가 좀 필요해

마음이 진짜 지쳤다는 증거

마음이 지치면 나타나는 증상들이 있다.
누군가를 만나는 것이 두려워지고
자꾸만 혼자 있고 싶다는 생각이 강해져서
사람들과의 만남 횟수를 줄여나가게 된다.

또 자꾸만 어딘가가 아픈 것 같고
피로는 가득 쌓여서 잠만 자고 싶어진다.
가슴도 어찌나 답답한지. 숨이 턱턱 막히고
수많은 생각에 사로잡혀 일어나지 않은 일에 대한
걱정으로 한숨이 잦아지기도 한다.

문득 '내가 뭘 잘못한 걸까?' '왜 나만 이렇게 힘든 걸까?'라며 화도 내보지만 눈가에서 하염없이 흐르는 눈물은 도저히 멈춰지지 않는다. 이렇게 마음에서 신호를 보내고 있다면 네게 해주고 싶은 말이 있다.

첫 번째는 일단 휴식을 취할 것,
두 번째는 가장 신뢰할 수 있는
친구나 가족에게 내 이야기를 해볼 것,
세 번째는 깊은 호흡을 세 번 이상 할 것.

바쁜 일상 속에서 가장 고생한 나를, 내 아픈 마음을 알아차리고 챙겨주는 것. 일상 속에서 나를 지켜내는 것.
지금은 나 자신의 마음부터 먼저 챙겨줘야 할 시간이다.

진짜 강한 사람은 일상을 지켜내는 사람

누가 뭐라 해도 묵묵히 하루를 살아가는 것.
일과 내 삶의 균형을 맞춰가는 것.

버거운 마음의 무게를 견디며
차분히 문제를 해결해나가는 태도를 잃지 않는 것.
아무리 힘든 일이 있다 하더라도
나 자신을 먼저 챙기며 일상을 지켜내는 사람.
지금 당장 할 수 있는 최선이 무엇인지를 고민하고
생각하며 행동하는 사람.

당연하다고 생각했던 일도,
평소와 다름없이 보이던 일상도
그것을 지켜낸다는 것은 굉장히 어려운 일이다.

그럼에도 하루하루를 묵묵히 버텨내는 사람들은
책임감을 가지고 삶을 살아간다.
이들은 그 누구보다 멋진 사람이자
어떠한 일에도 절대 흔들리지 않는
단단함을 지닌 강한 사람이다.

더 열심히 살아가야 한다는 생각이 강한 너에게

더 열심히 살아가야 한다는 생각이
강한 네게 오늘 해주고 싶은 말이 있어.
열심히 사는 것도 좋은데,
지나치게 열심히 살다보면
언제 웃었는지 기억조차 나지 않게 돼.
열심히 했는데도 더 열심히 해야 할 것 같은
압박감이 점점 커져서 불안해지고 조바심도 나고.

그러다 문득 이런 생각도 들어.
'나한테 중요한 건 뭐였지?' 반복되는 질문에
마음은 한없이 지치고 별일 아니었던 것마저
불평불만으로 가득 차버려서
피로감이 감당할 수 없을 만큼 커져버리지.

자꾸 혼자 있고 싶어지고 어딘가로 도망치고 싶어지고,
잠은 자야 하는데 밤에 잠도 잘 안 오고.
더 열심히 해야 한다는 강박에 마음이
지쳐 있는 네게 오늘 해주고 싶은 말이 있어.
더도 말고 딱 하루만
잠도 충분히 자고 함께 쉬어가자고.

사는게 답답하고 숨이 턱턱 막힐 땐

첫 번째는 '왜 마음이 답답한지'
내 마음에 질문을 해보기.

두 번째는 주변의 믿을 만한 친구에게
마음을 표현하고 도움 요청해보기.

세 번째는 잠시 마음이 편안하게
쉴 수 있는 곳으로 여행 다녀오기.

한 연구 결과에 따르면 많은 사람들이 삶에 답답함을
느끼는 순간은 자신이 원하는 일이 뜻대로 되지 않을 때,
원하지 않는 일을 반복해야 할 때,
원하는 것이 무엇인지를 모를 때라고 한다.

물론 이외에도 환경과 상황에 따라
답답함을 느끼는 순간들이 있겠지만,
만약 그런 순간이 찾아온다면
이것만큼은 기억했으면 한다.
일상 속에는 무수히 많은 스트레스 요소가 존재한다.
바쁘게 살아가다보면 주변을 돌아볼 여유도 없고
가장 소중한 나를 잃어버리기도 한다.
그러니 잠시 동안만 멈춰 서서
가장 소중한 나를 위한 시간을 용기 내어 가져보는 것을.

행복하게 잘 살아가는 방법은

매일 같은 시간에 같은 길을 쳇바퀴 돌듯 걷더라도
우울해지지 않도록 내 기분을 먼저 알아주는 것.

늘 그렇듯 고민과 걱정으로 조급해하고 불안해하는
나에게 여유를 즐길 수 있는 충분한 시간을 주는 것.

늦은 저녁 비밀번호를 누르고 어두운 집 안으로
들어온 순간 외로움이 엄습할 때 수고했다며
내 이름 한번 불러주는 것.

밤새 이리저리 뒤척이며 잠을 설치지 않도록
내 마음을 먼저 알아주는 것.

누가 뭐라 해도 기죽지 않고 어깨 쫙 펴고 허리 꼿꼿이
세운 채로 당당하고 자신감 있게 살아가는 것.

세상에서 내가 가장
아름다운 사람이라는 것을 절대 잊지 않는 것.
그러니 무슨 일이 있어도 나를 먼저 사랑해줄 것.

2월 22일 수요일

웃으며 아침을 맞이하는 것
자전거를 타며 기분을 달래주는 것 등
오늘부터 나는 나를 먼저 사랑하기로 했다

인생에서 기억해야할 3가지

인생에서 딱 이 세 가지만 기억하면 뭐든 할 수 있대.
첫 번째는 '나는 세상에서 가장 행복한 사람이다'라고
하루에 한 번씩 아침마다 외치고,

두 번째는 불안한 마음이 들거나 걱정이 밀려오면
'일단 그냥 하자'라며 행동으로 바로 실천해보고,

마지막 세 번째는 '내가 최고다'라는 생각을 가지고
하루를 보내는 거야.

이제 너를 힘들게 하는 것들은
과감히 툭툭 털어버리고,
아주 천천히 너만의 속도로
네 꿈을 자유롭게 펼쳐나가봐.

다 이루어져랍!
오미오미~ 나오이

PART 5.

나를 알아가는 시간

오늘은 어떤 하루였나요?

(지금 느껴지는 감정을 적어보세요)

당신의 꿈을 알려주세요!

(되고 싶은 것 말고, 진짜 꿈을 적어보세요)

나의 취향을 적어보세요!

(음식. 운동, 향기, 물건, 사람, 캐릭터, 브랜드,
드라마, 영화 등 생각나는 것 모두 다 적어보세요)

오늘 하루는 뭐 하고 싶어요?

(지금 생각나는 모든 것을 다 적어보세요.)

평소 나에게 해주고 싶었던 말은?

(나에게 가장 들려주고 싶은 말은 무엇일까요?)

소중한 사람에게 하고 싶은 말은?

(지금 떠오르는 분에게 편지를 적어보세요)

에필로그(1)

다른 누군가에게 건네기는 그리 어렵지 않았던 말.
하지만 나에게 건네기는 너무나도 어려웠던 말.
“수고했다, 오늘 하루도.”

있잖아.
나는 네가 열심히 해왔다는 것을
최선을 다해왔다는 것을 알아.

네가 너를 잃어버린 것 같아서
이 공간을 잠시 찾아왔을 때
네가 얼마나 소중한 사람인지 말해줄게.
그리고 네가 다시 성장통을 이겨낼 때까지
그저 묵묵히 기다려줄게.

매일 좋은 일이 생기진 않지만
감사한 일을 하나씩 발견해나갈 수는 있을 거야.

그러니 조급해 하지 말자.
우린 분명 잘될 거야.

에필로그(2)

인생은 늘 계획대로 되지 않았다. 나는 어린 시절 말을 잘 듣는 착한 아이였다. 시간이 지나 어른이 되었을 때는 힘든 일이 있어도 힘들다고 하기보다 괜찮다는 말을 더 많이 하게 되었다. 안 좋은 일이 한꺼번에 몰려와 한없이 바닥으로 감정이 무너져 내릴 때 부정적인 생각은 더 큰 부정적인 생각을 낳았다. 미래는 막막하기만 했고, 내가 부족해서 그런 건 아닌지 스스로를 의심하고 자책했다. 그렇게 내 인생에서 나를 잃어가고 있었다.

짙어진 다크서클, 정돈되지 않은 머리 스타일. 도대체
언제 웃어보았는지 기억조차 나지 않던 그때 문득 이런 생각이 들었다. '나 정신 안 차리면 안 되겠다.'
'나 살고 싶어.'

마음을 회복하기 위해 3년 동안 부단히 애쓰고 노력했다.
물론 전부 다 치유된 것은 아니지만 그럼에도
한 가지 사실만큼은 깨닫게 되었다. 어떠한 감정이든
회피하기보다 '왜' 그런 감정이 들었는지 확인해보고
알아차려주는 것만으로도 다음 날을 살아갈 힘을
조금이나마 만들 수 있다는 것이다.

그러니 괜찮지 않은 상황 속에서 괜찮을 수밖에 없었던
나를 다독여주고, 삶에서 나 자신을 잃지 않도록
스스로를 챙겨주는 것을 잊지 말자.

에필로그(3)
이 글을 읽으신 독자님께

안녕하세요. 나오미입니다. 첫 독립 출판물을 준비하면서 굉장히 많은 고민의 시간을 보냈습니다. 직장을 다니면서 외주를 하면서 약 3개월이라는 시간 동안 수도 없이 고치고 다시 썼어요. 글을 쓰고 그림을 그리다보면 부족하다는 생각이 늘 듭니다. 과연 이 글이 누군가에게 도움이 될 수 있을지 걱정도 되고요.

약 5년 전 죽고 싶을 정도로 힘든 시간들을 경험했을 때의 일입니다. 그때 SNS에서 글을 하나 읽게 되었어요. 그리고 그 글은 제게 다시 살아갈 희망을 주었습니다. 그렇게 저는 책이라는 것을 좋아하게 되고, 몇 년간 많은 책들을 읽고 만나고 싶은 분들을 용기 내어 찾아가게 됩니다. 그리고 내가 무엇을 좋아하는지, 앞으로 내가 해야 할 일은 무엇인지 생각하며 2년 동안 혼자만의 시간을 보냈습니다.

그 공백 기간의 어느 날 갑자기 SNS DM이 한 통 왔습니다. 자세히는 기억나지 않지만 저의 글을 기다리고 있으시다는 내용이었습니다. 그때 머리를 누가 한 대 탁 치는 기분이 들었어요. '아, 내가 너무 큰 부담감에, 혼자만의 심리적 압박에 글을 쓰지 못하고 있었던 거구나. 물론 틈틈이 메모에 글을 써두기도 했고 일기를 쓰기도 했지만요.

그래서 글을 잘 쓰진 않지만 그냥 해보기로 했습니다. 매일 하나씩 해나가는 연습을 말이죠. 3개월 정도 꾸준히 하면서 여러 커뮤니티에 저를 알리기 위해 용기 내어 글을 업로드하기 시작했습니다.

이 작은 습관이 조금씩 저를 변화시켰고, 몇몇 분들이 저를 알아봐주시기 시작했습니다. 그저 평범한 사람이지만 제 인생에는 저만의 문장이 하나 있습니다. '남 눈치 보지 말고, 오늘 하루를 자유롭고 즐겁게 마이 웨이 하자.' 이 글을 읽고 계신 독자님께 조금이나마 용기가 닿길 바랍니다. 긴 글 끝까지 읽어주셔서 감사합니다.

걸으면서 커피를 마실 때 쏟지 않는 방법

초판 1쇄 2023년 10월 5일

지은이 나오미(이민지)

펴낸이 나오미(이민지)

기획/편집 나오미(이민지)

디자인 나오미 스튜디오

인스타그램 @writer_naome